Casas y parques, escuelas y bibliotecas, comisarías, parques de bomberos y supermercados: de todo esto están hechos los barrios.

Pero en un barrio hay más que las casas que ves o la escuela al final de la calle; ¡hay gente! Y en mi barrio hay mucha gente activa que contribuye a que nuestro barrio sea un lugar especial.

En primer lugar está la señora María, la cartera. Todos los días, excepto los domingos, la señora María va en su furgoneta de reparto por todas las casas del vecindario. No importa que llueva o que nieve, la señora María siempre está ahí, entregando el correo en las casas de la gente.

¿Por qué la señora María hace mucho? Bueno, fíjate, sin ella no recibiríamos las postales de cumpleaños, ni las invitaciones a las fiestas, y mamá y papá no recibirían sus cartas importantes. ¡La señora María también se asegura de que todas las cartas que enviamos lleguen correctamente a su destino!

También está el señor García, el director de mi escuela, que vive al final de la calle. El señor García se asegura de que nuestra escuela sea un lugar seguro y que todos los niños se lo pasen bien aprendiendo; incluso ayudó a construir el patio del colegio. Es un patio con toboganes, columpios y barras paralelas para colgarse. También hay un tablero y una rayuela pintados en el suelo con pintura roja brillante. ¡Es increíble!

Si no fuera por el señor García los chicos del barrio
no tendrían un lugar tan divertido para pasar el rato
y deambularían por la calle haciendo travesuras.
Sin el señor García, ¡nos faltaría el mejor patio del mundo!

Finalmente, está la señora Sanz, que vive cruzando la calle. A la señora Sanz le gustan tanto las flores que cada primavera decora el barrio con tulipanes.

Planta tulipanes rojos, amarillos y rosas alrededor de cada árbol y de cada banco del parque. Incluso planta algunos rosales delante del colegio.

Parecerá una tontería, pero los tulipanes de la señora Sanz iluminan el barrio. La gente viene de fuera para admirar la obra de la señora Sanz. Y gracias a ella, se premió al barrio por ser el más colorido de la ciudad. ¡Qué maravilla!

La señora María, el señor García y la señora Sanz son algunos de los que han hecho que mi barrio sea especial. ¡Y cuanto más pienso, más gente especial descubro! Parece que todo el mundo haga algo para convertir mi barrio en un lugar mejor; ¡todo el mundo menos yo!

"Pero, ¿qué puedo hacer?", pensé.
Y después de meditarlo mucho, preguntármelo y pensarlo aún más, tuve una idea. Le preguntaría al señor Gómez si le podría ayudar con su perro, el simpático de Pancho.
Hasta hacía unas semanas, el señor Gómez solía sacar a pasear a Pancho todos los días. Pero desde que se cayó y se lastimó la cadera no lo había podido volver a hacer. ¡A lo mejor yo le podría servir de ayuda!

Y eso es lo que hice. Todos los días después del colegio iba a casa del señor Gómez. Primero me aseguraba de ponerle un cuenco con agua a Pancho y luego le llenaba su plato hasta arriba de comida. Después Pancho y yo nos íbamos a correr muy rápido. ¡Caramba, Pancho corría como un rayo!

Ayudar al señor Gómez y a Pancho me hacía sentir feliz. Así que cuando el señor Gómez se mejoró de la cadera y no me necesitaba más, me sentí triste. Necesitaba hacer algo por el barrio y, gracias a Pancho y su cara peluda, tenía muy claro qué era lo que iba a hacer.

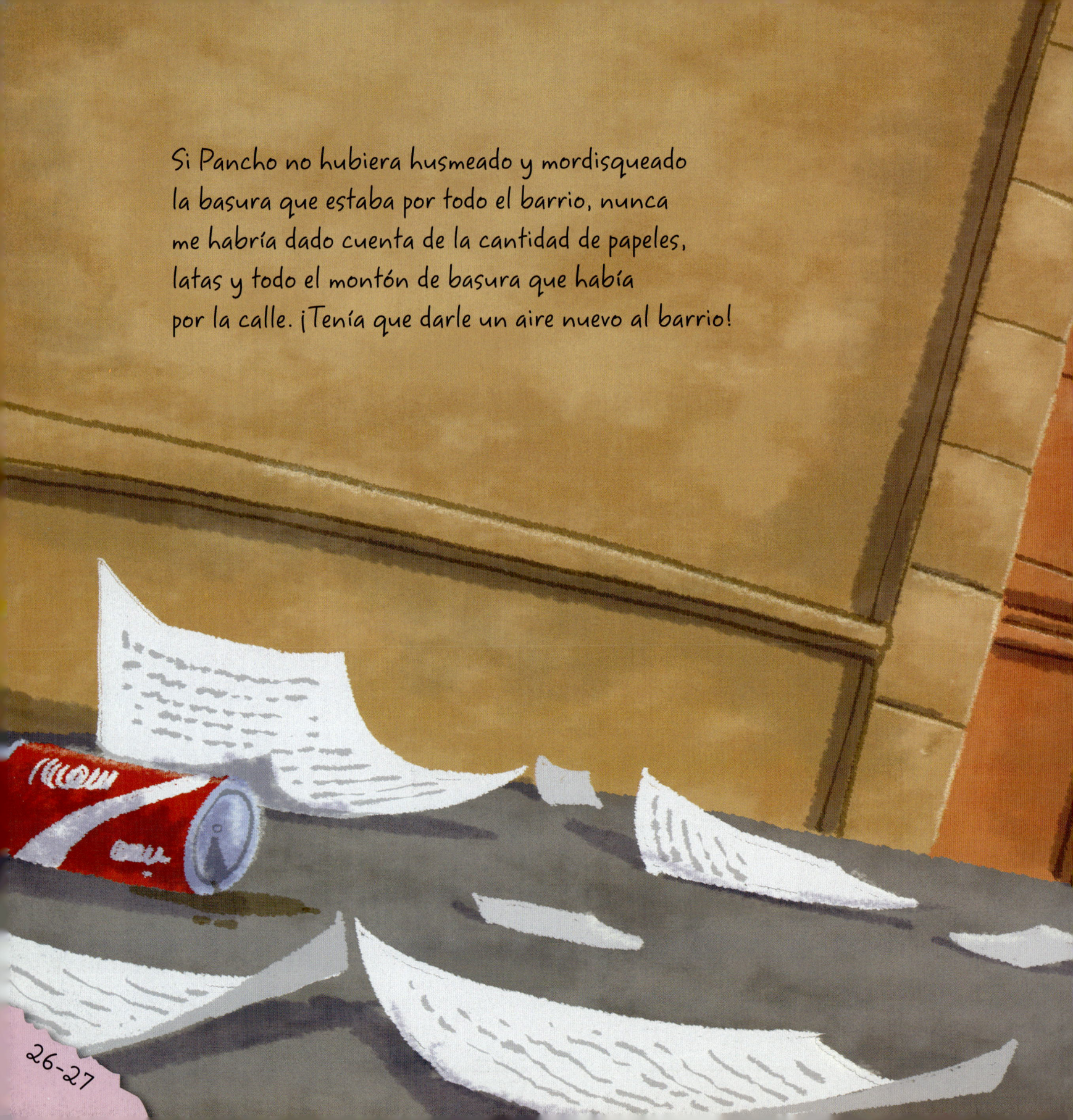

Si Pancho no hubiera husmeado y mordisqueado la basura que estaba por todo el barrio, nunca me habría dado cuenta de la cantidad de papeles, latas y todo el montón de basura que había por la calle. ¡Tenía que darle un aire nuevo al barrio!

Así que ahora siempre que ando por el barrio y veo basura en el suelo, la recojo. Mamá incluso me ha dado un par de guantes para no ensuciarme.
No parecerá gran cosa pero, como dice mamá, "la gente es la que, poco a poco, convierte el barrio en un lugar especial. ¡Y cada poco hace mucho!" Y tiene razón.

Guía para los Padres

Los barrios son el espacio en el que crece nuestra familia, donde forjamos nuestros recuerdos y un lugar en el que arraigar nuestra infancia y transmitir seguridad a nuestros hijos. Cobrar conciencia de nuestro barrio y la gente que lo integra es una lección de vida valiosísima.

Si enseñamos a nuestros hijos a preocuparse por su comunidad, su casa y sus vecinos, estaremos fomentando en ellos un sentimiento de orgullo, confianza y responsabilidad.

A pesar de que cada barrio pueda ofrecer servicios parecidos como colegios, parques y tiendas, es la gente del barrio la que lo hace especial.

Podemos hacer mucho para contribuir y mejorar nuestro barrio y la vida de nuestros vecinos. Ya sea ayudándolos de manera individual o manteniendo nuestra casa limpia y segura. Y nunca es demasiado tarde para enseñarles a nuestros hijos el valor de ser un buen vecino.

Bonitos lugares para compartirlos con la comunidad de vecinos.

Compartir ideas para contribuir a la mejora colectiva.

El propósito de este libro es animar a los niños a tomar partido y sentirse orgullosos de su comunidad, de su vecindario y de los vecinos que lo integran.

Cuando alguien se siente responsable y contribuye a la mejora colectiva, más gente toma conciencia y lo imita, ¡y al final todo el mundo se beneficia de ello!

La gente del barrio es la que hace del barrio un lugar especial, marcando la diferencia en las pequeñas cosas.

Por mucho que un barrio nos pueda parecer suficientemente limpio y ordenado, cuando se trata de convertir tu comunidad en un lugar mejor, ¡cada poco cuenta!

Los niños pueden contribuir también a la mejora de su comunidad.

Sentirnos orgullosos de nuestro vecindario.

Un barrio es más que un conjunto de casas

Texto: Jennifer Moore-Mallinos
Ilustración: Gustavo Mazali
Diseño y maquetación: Estudi Guasch, S.L.

© de la edición: EDEBÉ 2013
Paseo de San Juan Bosco, 62
08017 Barcelona
www.edebe.com

ISBN: 978-84-683-0388-8
Depóstio Legal: B. 6430-2013
Impreso en China
1ª. edición, septiembre 2013
Atención al cliente: 902 44 44 41
contacta@edebe.net

Reservados todos los derechos. Prohibida la reproducción de esta obra por ningún medio o procedimiento, incluidos la impresión, la reprografía, el microfilm, el tratamiento informático o cualquier otro sistema, sin permiso escrito del propietario de los derechos.